DES

VÊTEMENTS

DE NOTRE SEIGNEUR JÉSUS-CHRIST

HONORÉS DANS L'ÉGLISE D'ARGENTEUIL

PRÈS PARIS

ET

DANS LA CATHÉDRALE DE TRÈVES.

Vestimenta ejus facta sunt
alba sicut nix.

(S. MATTH., chap. XVII, 2.)

À la Sacristie d'Argenteuil

—

OCTOBRE 1844.

IMPRIMERIE DE H. VRAYET DE SURCY ET Cᶜ, RUE DE SÈVRES, 37.

AVIS.

Les quelques lignes qui suivent ont pour but d'expliquer une espèce de contradiction que quelques personnes croient voir exister à propos des Vêtements de Notre Seigneur Jésus-Christ qui sont honorés dans l'église d'Argenteuil (près Paris) et la cathédrale de Trèves (en Prusse). Cela vient de ce que l'on ne connaît pas assez les deux traditions qui établissent, pour chacune des deux Églises, la possession de l'un des Vêtements du divin Fils de Marie. Pour dissiper cette prétendue contradiction, il suffit donc dans cette circonstance, comme partout où il y a contestation, d'exposer simplement les faits de l'histoire. C'est ce que je me suis proposé dans cet Opuscule, et je crois que cet exposé historique dissipera bien des doutes et satisfera les personnes pieuses.

Déjà j'ai adressé à presque tous les journaux catholiques quelques notes pour expliquer cette contradiction apparente, et j'ai tout lieu d'espérer que l'on en aura été satisfait. Cependant, comme les bornes nécessairement restreinte des feuilles quotidiennes ne m'ont pas permis de donner les détails suffisants, j'ai cru qu'une *Notice* publiée à part ne serait pas non plus inutile; et c'est ce qui m'a déterminé à donner cet Opuscule.

Comme on le pense bien, cet écrit ne saurait dispenser les personnes qui voudraient étudier à fond cette intéressante question, de lire l'ouvrage bien plus étendu que j'ai publié il y a quelques mois ; car, si dans cet Opuscule je me borne seulement à l'exposition des faits, dans mon ouvrage je les discute et je donne les preuves sur lesquels ils sont appuyés. On sentira, au reste, la nécessité de se reporter à cet ouvrage en lisant le présent écrit, parce que, à chaque instant, je suis obligé d'avertir le lecteur que le cadre étroit que je me suis tracé ne me permet pas d'entrer dans les développements que je désirerais donner pour le triomphe de la cause que j'ai le bonheur de soutenir.

Les fidèles savent aussi que j'ai publié, pour satisfaire leur dévotion au glorieux Vêtement de Jésus-Christ déposé dans la bénite église d'Argenteuil, une *Neuvaine en l'honneur de la Sainte Tunique de Notre Seigneur*, 1 vol. in-18. Daigne le Seigneur bénir ces différents écrits entrepris pour la gloire et la louange de son Saint Nom !

L.-F. GUÉRIN,
Rédacteur en chef du *Mémorial Catholique*.

Argenteuil (près Paris) , ce 7 octobre 1844.

DES VÊTEMENTS

DE NOTRE SEIGNEUR JÉSUS-CHRIST

HONORÉS

DANS L'ÉGLISE D'ARGENTEUIL

ET

DANS LA CATHÉDRALE DE TRÈVES.

———————

Il se passe aujourd'hui un fait bien touchant pour le cœur du chrétien, bien consolant au milieu des mille misères de notre époque; nous sommes témoins d'un spectacle bien admirable et qui rappelle les plus beaux âges de foi et de piété : je veux parler du nombreux concours de fidèles qui se fait depuis six semaines, dans la ville de Trèves, pour aller vénérer l'un des Vêtements de notre divin Sauveur. Oh! oui, c'est un spectacle bien touchant de voir des populations entières se déplacer, entreprendre avec amour ces pieux pèlerinages d'autrefois, et se rendre, en récitant des prières et en chantant les louanges du Tout-Puissant, dans un lieu béni, pour y témoigner de leur respect et de leur pieuse croyance envers une relique.

Mais, tandis que nous admirons ce spectacle si extraordinaire pour un temps d'indifférence et de scepticisme, pour une époque dominée par les intérêts matériels; tandis que les âmes ferventes se réjouissent de voir ce concours immense et d'entendre parler de tant de foi et de tant de piété, il en est quelques-unes qui sont troublées dans leur satisfaction toute chrétienne, qui se scandalisent presque, parce que, en même temps que l'illustre église de Trèves offre à la vénération l'un des Vêtements du divin Fils de Marie, une autre église, moins illustre à la vérité, mais tout aussi privilégiée que la Rome du Nord, revendique aussi la possession d'une semblable Relique. De là contradiction et conflit apparents; de là embarras pour une foule de personnes pieuses; de là aussi, prétendu triomphe pour certains esprits étroits et malveillants qui ne demandent pas mieux de rencontrer de prétendues difficultés pour calomnier l'Église, et de saisir l'occasion de débiter quelques misérables impiétés mises en épigrammes plus misérables encore.

On comprend assez que ce ne sont pas ces *rares génies* qui peuvent me préoccuper un seul instant. Si je désire donner quelques mots d'explication au sujet de cette apparence de conflit ou de contradiction, comme l'on voudra, c'est moins pour répondre aux sarcasmes des *crédules* admirateurs de certaines défroques de philosophes dont je ne veux pas que les noms souillent ces pages, que pour éclairer les pieux fidèles et satisfaire leur bien juste et bien légitime curiosité.

Depuis longtemps, déjà, je m'occupe de cette intéressante question d'archéologie agiologique, sur laquelle même j'ai publié un ouvrage dont on imprime en ce moment une 2e édition, et qui est intitulé : *La Sainte Tunique de N. S. J.-C., recherches religieuses et historiques sur cette Relique et sur le pèlerinage d'Argenteuil*, 1 fort vol. in-18 (1). J'ai donc pensé qu'il n'y avait pas trop de présomption de ma part à croire que j'étais à même de donner les explications nécessaires dans les circonstances actuelles. En conséquence, je vais entreprendre ce travail qui ne sera pas inutile, du moins je le souhaite de tout mon cœur.

Ce n'est point de la polémique que je viens faire. A Dieu ne plaise ! La polémique sur des reliques, y en eût-il à faire ici, ne vaudrait jamais rien, et ne profiterait qu'aux ennemis de la foi. Mais ce n'est point de cela qu'il est question présentement : il s'agit d'exposer des faits simples et naturels ; de rappeler quelques règles d'une critique saine et éclairée. Aussi bien sera-ce un résumé fort abrégé et concis de mon ouvrage, que je vais essayer de présenter aux âmes chrétiennes et de bonne foi.

Je passerai rapidement sur les considérations pieuses qui nous représentent la Tunique de Notre-Seigneur, prédite et figurée dans les saintes Écritures ; sur la bien touchante tradition qui rapporte qu'elle fut tissée par les mains virginales de Marie, et qu'elle

---

(1) Au bureau du *Mémorial Catholique*, librairie de M. P.-J. Camus, rue Cassette 20, à Paris. et à la sacristie d'Argenteuil.

grandit avec Jésus : *Et ipso crescente ipsum etiam crevisse*, dit Salmeson, qui assista avec tant de distinction au concile de Trente. J'ai traité ces points avec étendue dans mon livre, et les bornes de cet Opuscule ne me suffiraient pas pour les développer. Je ne montrerai pas non plus notre sainte Tunique transfigurée sur le Thabor, ensanglantée sur le Calvaire, touchée par les malades qui suivaient Celui dont tous les pas furent marqués par des bienfaits : *Per transiit benefaciendo* (*Act.*, x, 8).

Il me faut aussi passer sous silence les scènes douloureuses de la Passion de notre Rédempteur ; je tairai le crucifiement, le tirage au sort par les soldats des Vêtements du Fils de Marie ; l'affliction des saintes femmes et des premiers chrétiens, qui ne purent laisser longtemps la dépouille du Sauveur entre les mains de ses ennemis, et qui l'achetèrent au poids de l'or. Je passerai, en un mot, toute la tradition orale de notre vénérable Relique, tradition d'ailleurs appuyée sur des considérations suffisantes pour satisfaire la raison et la piété, et j'arriverai immédiatement à la tradition écrite, aux faits sur lesquels notre possession millénaire est appuyée.

Or, cette tradition commence au vi⁰ siècle. Voici ce que nous apprend saint Grégoire de Tours, au *Livre des Miracles* : « Je ne puis taire, dit-il, ce que certaines personnes m'ont appris touchant la Tunique de l'Agneau sans tache. Elles assurent qu'elle se conserve dans une ville de Galatie, dans l'église qu'on nomme des Saints-Archanges. Cette ville est à cinquante lieues, ou environ, de Constantinople, et il y a dans cette église une crypte fort secrète, où l'on garde avec beaucoup de dévotion ce Vêtement, qui est enfermé dans une châsse de bois que la piété des fidèles révère avec tout le respect qu'on doit à cette Robe, qui a l'avantage d'avoir touché de plus près le corps de Notre-Seigneur » (Liv. I, 8). Plus tard, le cardinal Baronius mentionne ce fait, et il s'appuie sur le témoignage du saint Annaliste de Tours.

De cette ville de Galatie, la sainte Tunique fut emmenée à Zaphat ou Jaffa, pour être préservée des ravages du roi des Perses, qui fit une invasion dans l'Arménie, vers l'an 590. De là, elle fut solennellement transportée, après un jeûne de trois jours, à Jérusalem, par Grégoire, patriarche d'Antioche, Thomas, patriarche de Jérusalem, Jean, patriarche de Constantinople, et une foule de peuple. Ce fait nous est attesté par Aimoin, Herman, Sigebert, dans leurs *Chroniques*, et par saint Grégoire de Tours (S. Greg. Tur., *de Glor. Marty.*, lib. 1, cap. 8). Mais la Relique ne demeura pas longtemps dans la cité sainte ; elle fut emportée en Perse en 614. Toutefois l'empereur Héraclius l'arracha des mains des ennemis de la foi, et l'apporta solennellement, en 627, avec d'autres reliques, à Constantinople. Bientôt après il pensa que le véritable lieu où ce trésor devait être déposé était Jérusalem, et il le rapporta dans la ville de David. Mais il ne fut pas longtemps sans craindre que les ennemis ne fissent une nouvelle invasion ; et, pour éviter les dangers d'une profanation, il rapporta la Tunique pour la seconde fois à Constantinople. Le pieux roi ne s'était point trompé dans ses appréhensions, car l'infortunée Jérusalem, que Dieu voulait toujours punir, fut prise par les Sarrasins vers l'an 633, et demeura en leur pouvoir jusqu'à la fin du XIe siècle.

Pendant cet intervalle l'impératrice Irène se trouvait être en rapports avec Charlemagne ; elle aurait même désiré contracter une alliance avec lui, dans le but de réunir les deux empires d'Orient et d'Occident, et d'avoir un puissant protecteur dont elle avait alors grand besoin, ainsi que l'histoire nous l'apprend. Pour arriver aux fins de sa politique, cette princesse envoyait de riches présents au puissant roi ; mais elle savait qu'il n'y avait rien qui pût toucher davantage sa piété et lui faire plus de plaisir que l'offrande de saintes reliques. Il y en avait beaucoup, à cette époque, à Constantinople : elle lui en envoya donc ; et parmi ces Reliques, il s'en trouva une insigne... c'était la Tunique sans couture de Notre Seigneur Jésus-Christ.

Mais où Charlemagne la placera-t-il ? quel temple, quel oratoire, quel lieu aura le bonheur de la posséder ? Le voici. Ce puissant empereur avait une sœur nommée Gisèle qui habitait, depuis un certain temps, dans un monastère situé à Argenteuil et dépendant de l'Abbaye de Saint-Denis. Théodrade, nièce de Gisèle et l'une des filles du prince, voulant se consacrer à Dieu, manifesta le désir d'entrer dans ce saint asile. Alors Charlemagne demanda à l'abbé et aux religieux de Saint-Denis la permission d'y placer sa fille en qualité d'Abbesse, ce qui lui fut accordé. Or il aimait beaucoup cette princesse, et il voulut enrichir son monastère du plus précieux trésor qui lui avait été envoyé de l'Orient. Il fit donc la translation solennelle de la Sainte Tunique vers le 12 ou le 13 août de l'an 800, et il la déposa dans le monastère d'Argenteuil.

Ces faits sont attestés par Helgaudus, religieux du XIe siècle, dans sa *Vie du roi Robert*, par Robert abbé du Mont Saint-Michel dans sa *Continuation de la Chronique de Sigebert*; par Werner de Rollevink dans son *Fasciculus temporum*; par Prateolus, dans son *Elenchus*; par Du Tillet dans sa *Chronique des rois de France depuis Pharamond jusqu'en* 1547, par André Favin dans son *Histoire de Navarre*, et par plusieurs autres auteurs. Mais indépendamment de ces témoignages, les historiens contemporains, Eginhar et Théophane, ne nous apprennent-ils pas que l'impératrice Irène fit secrètement tous ses efforts pour épouser Charlemagne, et qu'elle lui envoya plusieurs présents? Ces mêmes historiens ne nous rapportent-ils pas encore que Charlemagne recherchait les reliques, et qu'il aimait à enrichir les églises et les monastères? Ne savons-nous pas que c'était l'usage alors parmi les princes de se faire de tels présents? J'en cite plusieurs exemples dans mon livre. N'est-il pas certain aussi que l'empereur avait une sœur appelée Gisèle et une fille qui avait nom Théôdrade, et qu'il les plaça dans le monastère d'Argenteuil? Or, tout ceci ne se rencontre-t-il pas avec la donation de la sainte Relique par Irène, et la translation à Argenteuil? Une autre preuve que nous invoquerons encore, c'est l'usage où l'on était, de temps immémorial, de sonner une cloche, à une heure après-midi, pour conserver la mémoire de cette translation. Cet usage ne fut aboli que vers la fin du XVIIIe siècle, et il donna lieu à différentes reprises, à des discussions assez fâcheuses entre les autorités. On ne peut donc pas raisonnablement douter que la Tunique du Sauveur soit venue de l'Orient en France, et que c'est à Charlemagne que nous sommes redevables du bonheur de la posséder à Argenteuil.

Elle y demeura tranquillement honorée jusque vers l'année 857, lorsqu'à cette époque de nouveaux barbares, les Danois ou

Normands, vinrent porter dans ces lieux leurs ravages, Ode étant
Abbesse du monastère d'Argenteuil, et Charles-le-Chauve se trou-
vant encore, pour sa honte, assis sur le trône de Charlemagne. Le
monastère fut ruiné, les biens emportés; mais pour notre Relique,
les religieuses, avant de prendre la fuite, la cachèrent, avec la
châsse qui la renfermait, dans une muraille, où elle resta enfouie,
et complétement oubliée des fidèles qui la croyaient à tout jamais
perdue, jusqu'en l'année 1156...

Le monastère d'Argenteuil avait été rebâti. Le célèbre Suger,
abbé de Saint-Denis, en réclama la possession et y établit des religieux de l'ordre de Saint-Benoît. On ne pensait plus à la sacrée
Tunique, lorsque le Seigneur révéla à l'un de ces religieux le lieu
où elle était cachée. Celui-ci le dit à ses frères, et tous bénirent
le *Dieu des miracles* (Ps. 66, 13). Bientôt le bruit de cette décou-
verte se répandit, et le clergé, le roi Louis VII lui-même, les
grands de sa cour, les simples fidèles, vinrent à Argenteuil pour
vérifier le fait, comme l'atteste une charte très-authentique, da-
tée de 1156, émanée de Hugues, archevêque de Rouen, qui vint
aussi avec plusieurs évêques, et qui exposa la Relique à la vénération, après avoir accordé des Indulgences pour cette cérémonie.
On ne saurait, ce me semble, désirer plus de témoignages pour
attester ce fait que je n'en ai réuni dans mon ouvrage sur la sainte
Tunique, depuis Robert abbé du Mont Saint-Michel, auteur con-
temporain, jusqu'à dom Cellier et Fleury. Malheureusement je ne
puis citer ici toutes ces preuves : ce serait trop long.

C'est pour la même raison que je tairai plusieurs faits intéres-
sants de cette époque de l'histoire de notre Relique, tels que les
pèlerinages qu'entreprirent, à plusieurs reprises, des prélats, et
d'illustres personnages; les honneurs que l'on rendit à notre Relique sacrée; les grâces spirituelles, et les guérisons miraculeuses
qui signalèrent la vertu du Vêtement glorieux du divin Sauveur,
et dont Salmeron qui, ainsi que je l'ai dit plus haut, parut avec
éclat au concile de Trente, où il assista en qualité de théo-
logien du Saint-Siége, atteste la vérité par ces paroles : *Tunica in
oppido Argentolio, non longe a Lutetia Parisiorum dissito, ubi
magnâ veneratione peregrinis spectanda proponitur, nec sine ma-
gnis interdum signis (Com. in Evang. hist. et Act. Apost., T. X,*

Tract. XVII, XVIII, p. 316). Je ne puis aussi que mentionner la translation qui fut faite, en 1680, de la Tunique du Sauveur dans une riche châsse donnée par Marie de Lorraine, duchesse de Guise. A cette occasion, la Relique fut honorée solennellement, et procès-verbal de la cérémonie fut dressé, procès-verbal que nous avons encore entre les mains. Je ne m'arrêterai pas à faire connaître les auteurs qui ont parlé avec étendue de notre précieuse Relique : qu'il me suffise de citer dom Gerberon, bénédictin, et Gabriel de Gaumont, prêtre, qui ont publié des *Dissertations ex professo* sur ce sujet, le premier en 1677, et le second en 1667.

En 1653, le pape Innocent X érigea par une Bulle une Confrérie en l'honneur de la sainte Tunique, et accorda de grandes Indulgences aux fidèles qui entreraient dans cette pieuse association... Mais les mauvais jours, pour la France et aussi pour notre Relique, arrivèrent. La révolution éclata. On se figure facilement ce que devint le monastère d'Argenteuil et son précieux trésor. La châsse de la duchesse de Guise fut prise; quant à la Tunique du Fils de Marie, on la déroba à la fureur des révolutionnaires, jusqu'à l'heure où le Tout-Puissant, ayant permis que le calme succédât à la tempête, que l'ordre se refît après les bouleversements de l'impiété, le cardinal Caprara, auquel l'Église de France doit tant, la remit en honneur par un *acte* dans lequel le légat du Saint-Siège, déclare, « qu'en vertu de l'autorité spéciale et particulière qui lui a été conférée par le Souverain Pontife Pie VII, il confirme les Indulgences contenues dans la Bulle du pape Innocent X, de sainte mémoire, données à Rome, à Sainte-Marie-Majeure, l'an 1653, » s'en référant, au reste, à l'évêque diocésain, « auquel il appartient de connaître, ajoute le légat, de l'authenticité de la Relique, avant de l'exposer de nouveau à la vénération des fidèles. »

L'évêque diocésain, qui était alors Mgr Louis Charrier de la Roche, ordonna en effet une enquête pour procéder aux informations nécessaires; les pièces furent consultées; on entendit des témoins dignes de foi, et M. l'abbé Cottret, qui fut depuis évêque de Beauvais, dressa du tout un procès-verbal, d'après lequel Mgr de Versailles réintégra le culte que l'on rendait autrefois à la sainte Relique, et depuis cette époque elle fut toujours honorée...

On la portait tous les ans en procession solennelle, à la fête de l'Ascension, ainsi que le lundi de la Pentecôte, et les fidèles n'oublièrent jamais le chemin du béni pèlerinage. Mais le Seigneur ayant donné à l'église d'Argenteuil (et c'est une grande grâce pour une paroisse) un pasteur pieux et zélé, et deux vicaires dont la piété correspond parfaitement aux vues toutes saintes du digne pasteur, le culte envers la sacrée Relique reprit tout à fait, avec l'autorisation de Mgr Blanquart de Bailleul, évêque de Versailles, aujourd'hui archevêque de Rouen, ce culte touchant, dis-je, reprit comme aux temps de plus grande ferveur. Témoin ce concours de fidèles qui se fait tous les jours, et principalement le vendredi, à Argenteuil, pour venir vénérer la Tunique de Jésus; témoin ces grâces spirituelles et temporelles que le Seigneur, renouvelant ses anciennes merveilles, accorde encore de nos jours à ceux qui viennent le conjurer devant son glorieux Vêtement, et dont les guérisons du jeune de Damas, de M. le marquis de Harcourt, du fils de lord Clifford, et beaucoup d'autres que j'ai citées dans mon *Mémorial catholique* (1), sont des exemples assez frappants; guérisons attestées par des médecins distingués, reconnues par un vénérable prélat, Mgr l'évêque de Lausanne et Genève, et que je puis bien appeler miraculeuses, sans toutefois prétendre prévenir en rien le jugement de la sainte Église romaine, à laquelle il appartient seule de prononcer; témoin enfin cette magnifique cérémonie qui se fit le 12 août dernier, au milieu d'un nombre extraordinaire de pèlerins et d'ecclésiastiques, présidés par le nouvel et digne évêque de Versailles, Mgr Gros, pour la translation de notre glorieuse Relique.

Tels sont les principaux anneaux de la tradition d'Argenteuil. J'ai été obligé d'abréger beaucoup, d'affaiblir bien des preuves que je développe dans mon livre. Je n'ai pu que retracer des faits dépouillés des considérations qui les appuient. Mais enfin, il me semble que ce simple récit peut suffire pour éclairer les esprits droits. On a pu remarquer que toujours il a été fait mention de la

---

(1) Voyez le *Mémorial Catholique*, tom. III. Guérison du jeune de Damas, pag. 191, 289 et suivantes; de M. de Harcourt, page 152 et suivantes; du jeune Clifford page 121, et suivantes, et 263, et suivantes; attestation de Mgr. de Genève pour ces guérisons, page 295; plusieurs guérisons opérées par la vertu de la sainte Tunique, pages 427 et suivantes.

Tunique de Notre Seigneur ; c'est qu'en effet les plus considérables auteurs qui ont parlé de la tradition d'Argenteuil, et l'Office que l'on trouve dans les plus anciens Missels, donnent le nom de *Tunique* au Vêtement que nous avons le bonheur de posséder. De plus, la description que les auteurs donnent de ce Vêtement, les enquêtes qui en furent faites du temps que l'église d'Argenteuil le possédait en entier, et les plus antiques médailles, gravures ou tableaux que j'aie rencontrés, nous font assez voir que c'est une *Tunique*, c'est-à-dire le Vêtement moins long que Notre Seigneur portait immédiatement sur son corps sacré.

Et si maintenant je montre, d'après un ouvrage que l'on vient de publier sur la Relique de Trèves, que cette Église revendique la Robe longue du Sauveur ; que la description que l'on en fait annonce bien une Robe longue, que les deux traditions ne se contrarient point, où y aura-t-il de la contradiction ? Et quel homme, pour peu qu'il soit doué de bon sens, ne reconnaîtra qu'il n'y a rien de plus naturel que deux Églises aient l'avantage insigne de posséder chacune un Vêtement différent du divin Sauveur ? Car, on ne peut se refuser à reconnaître que Jésus-Christ avait plus d'un Vêtement, c'est-à-dire une Tunique qui recouvrait immédiatement la chair, une Robe plus ample qui était par-dessus la Tunique, et un Manteau qui recouvrait le tout, comme je l'établis dans mon livre, d'après plusieurs textes de la Sainte-Écriture et les meilleurs commentateurs. Or donc, dans l'ouvrage qui a pour titre : *Histoire de la Robe de Jésus-Christ, conservée dans la cathédrale de Trèves,* par J. Marx, 1 vol. in-12, 1844 ; ouvrage dont je m'empresse de reconnaître le mérite, bien que j'y sois traité avec assez peu de justice et de charité (1), on trouve que la tradition de Trèves commence à Sainte

_____

(1) Et cela parce que, dans la première édition de mon livre, le défaut de documents suffisants touchant la tradition de Trèves, fut cause que je ne pus pas être, sur ce point, aussi exact que je l'aurais désiré, quoique cependant je sois arrivé à reconnaître que Trèves possède la grande Robe de Notre Seigneur, comme on peut en voir la preuve dans ma première édition, par un passage de l'*Introduction*, page xvi, et au Liv. V, chap. vi. Au reste, la bonne volonté de m'instruire sur cette tradition ne m'avait pas manqué, puisque, longtemps avant d'entreprendre mon travail, j'ai écrit à l'autorité ecclésiastique de Trèves pour réclamer les lumières nécessaires sur ce point. Mais ma lettre, en date du 20 août 1843, et d'autres lettres de rappel, restèrent sans réponse jusqu'au 17 mai 1844, que M. l'abbé Müller, vicaire général, m'écrivit vingt lignes pour m'annoncer la pro-

Hélène; on rapporte que cette princesse, qui montra toujours une singulière prédilection pour la ville de Trèves, où elle doit avoir passé une grande partie de sa vie, donna à saint Agrice, évêque de cette ville, la Robe sans couture de Jésus-Christ, laquelle fut prédite dans les Saintes Lettres, un des clous et d'autres objets dignes d'une haute vénération; que ce saint évêque plaça ces reliques dans la cathédrale, mais que les malheurs des temps furent cause que l'on oublia, non-seulement la sainte Robe, mais les autres reliques, jusqu'à l'année 1196, c'est-à-dire pendant 870 ans; qu'à cette époque l'archevêque Jean Ier les découvrit en faisant des embellissements dans la cathédrale, et que la sainte Robe fut toujours honorée dans l'Église de Trèves, où elle reçoit aujourd'hui même les hommages de milliers de pèlerins animés pour la plupart, on ne saurait le contester, d'une foi vive et ardente, ce qui étonne notre siècle si peu accoutumé à ces grandes manifestations de la piété, et encore frappé de vertige!

On ajoute à cette tradition respectable, que la façon et la forme de ce Vêtement sont fort apparentes, qu'il a quatre pieds dix pouces et demi en longueur, chaque manche dix-huit pouces en longueur et un pied en largeur (mesure de Trèves); que l'étoffe est difficile à discerner et qu'elle n'est ni de soie, ni de laine, mais qu'elle ressemble plutôt à une très-fine toile, ou à une étoffe appelée camelot; que la couleur est aussi difficile à juger et qu'elle se rapproche d'un brun rougeâtre; que cet habit est sans couture, et entrelacé partout d'un fil très-fin; qu'au bout et près de la lisière *on croit remarquer des fleurs;* qu'enfin les plus habiles experts, en voyant ce Vêtement, ont avoué que c'était quelque chose de surprenant que l'industrie humaine ne pouvait ni connaître ni imiter.

Voilà ce que l'on rapporte de la tradition touchant le Saint Vêtement que possède la cathédrale de Trèves. Je n'ai pu m'étendre

chaine publication d'un ouvrage sur la sainte Relique de Trèves. Mais mon livre avait paru déjà! En avait-on attendu l'apparition pour publier celui de Trèves? Le long silence que l'on a gardé à mon égard, l'apparition de ce livre six mois après le mien, quelques considérations générales semblables à celles que j'ai faites dans mon ouvrage, sembleraient le faire croire! Dans tous les cas, j'ai été bien aise de rétablir, dans la seconde édition de mon ouvrage qui va paraître, l'exacte vérité sur la tradition de Trèves.

davantage à ce sujet, parce que cet Opuscule est déjà bien long. Il suffisait d'ailleurs de toucher seulement les points principaux, afin de montrer que cette tradition est bien distincte de la nôtre et que par conséquent elle ne l'infirme en rien. Or, deux traditions qui ne se contredisent point sont respectables, suivant les règles de la critique. Nous partons d'un point différent. Tous nos titres et l'inspection même de notre Vêtement nous prouvent que c'est la Tunique que nous possédons. L'ouvrage de Trèves, dont j'ai sous les yeux la traduction faite à Metz par M. l'abbé Wayant, revendique la longue Robe du Sauveur, et celle qui est exposée en ce moment à la vénération des fidèles à Trèves ne laisse aucun doute à cet égard. Il n'y a donc aucune contradiction dans ce qui se passe aujourd'hui à Trèves et à Argenteuil, pour la joie et la consolation des fidèles, comme pour la confusion de l'impiété.

Il est vrai que dans l'ouvrage de M. Marx et dans le mien, comme dans ceux qu'avaient donnés autrefois dom Gerberon et Gabriel de Gaumont, les mots *Robe* et *Tunique* sont employés indifféremment pour ne désigner pourtant que l'un ou l'autre de ces Vêtements, ce qui semble faire confusion. Mais qui ne voit que c'est simplement ici une inexactitude de rédaction, et une concession faite à l'habitude? Après cela, ne trouve-t-on pas dans le texte sacré un exemple où le mot *Tunica* est employé indifféremment pour désigner soit la Robe longue, soit la Tunique qui était plus courte. Ainsi il est dit, dans la version grecque à propos du Grand-Prêtre, qu'il déchira ses Tuniques: *Tunicas suas* (S. MARC, XIV, 63), ce qui ne peut signifier qu'il portait dans le moment deux vêtements semblables et de même grandeur. Il en est de même pour les qualités que chacun des auteurs attribue indifféremment aussi au Vêtement dont il parle: il n'y a pas pour cela confusion, car qui ne sait que les Vêtements de Notre-Seigneur ont participé à la même gloire? Qui peut empêcher de croire, par exemple, qu'ils n'aient été tous sans couture? Dans mon livre je pense l'avoir assez démontré. Ensuite, n'ont-ils pas tous été touchés par les malades? N'ont-ils pas tous été transfigurés sur le Thabor? *Vestimenta ejus facta sunt alba sicut nix* (S. MATTH. XVII, 2). N'ont-ils pas été tous sur le Calvaire? *Crucifigentes cum, diviserunt vestimenta ejus, mittentes sortem super eis, quis quid tolleret* (S. MARC, XV, 24). Ces particularités que chaque auteur a pu, pieusement et sans blesser la vérité, appliquer au seul Vêtement dont il avait à parler, ne sauraient donc occasionner aucune contradiction. Au reste, on doit bien comprendre que ce ne sont que les grands faits des deux traditions et les descriptions qu'elles donnent de chacun des Vêtements qui doivent servir de base à la critique. Or, nous avons vu, qu'à cet égard, les deux traditions ne se contrarient en aucune façon.

Enfin je termine. Deux Vêtements du divin Rédempteur, Vêtements également saints, sont proposés à la vénération des fidèles. On ne saurait révoquer en doute leur authenticité. Bien que les bornes de cet écrit ne m'aient pas permis d'entrer dans l'examen des preuves que M. Marx énumère dans son ouvrage, et de celles que j'invoque dans le mien, le simple exposé des faits de l'histoire laisse assez entrevoir que deux traditions comme celles dont je viens de présenter les traces, ne sauraient être dépourvues de titres qui les appuient et les confirment. Mais une réflexion bien simple, et que n'ont pas sans doute manqué de faire les âmes pieuses, me paraît toute-puissante en cette matière. Le Seigneur dont le bras n'est jamais raccourci a daigné opérer plusieurs guérisons miraculeuses par la vertu de sa sainte Tunique, déposée dans l'église d'Argenteuil. Ce même doux Sauveur vient d'opérer une semblable merveille en faveur de Mlle de Droste-Wischering, nièce de l'illustre archevêque de Cologne, qui était allée malade, infirme, le prier devant la sainte Robe de Trèves. Voudrait-on donc supposer que Dieu donnerait des preuves si puissantes de sa miséricorde pour autoriser l'erreur? Voudrait-on récuser ces faits extraordinaires? Mais ils sont attestés par des témoins oculaires, dignes de foi, par de pieux prélats. De tels faits sont, suivant moi, des preuves invincibles et irréfragables. Quand Dieu a parlé, qu'oserait opposer la pauvre raison humaine?

J'espère que ces explications satisferont la piété des fidèles, ainsi que des personnes qui nous ont demandé, à M. le curé d'Argenteuil et à moi, des renseignements, et qu'elles contribueront à dissiper cette espèce de confusion dont j'ai parlé en commençant, et dont aimeraient tant à se prévaloir et à profiter les incrédules et les ennemis de notre sainte religion.

FIN.

DISCOURS

PRONONCÉS

DANS L'ACADÉMIE

FRANÇOISE,

Le Jeudi 9 Avril M. DCC. LXI.

A LA RECEPTION

DE M. L'ABBÉ BATTEUX.

L'IMMORTALITÉ.

A PARIS, AU PALAIS,

Chez la V. Brunet, Imprimeur de l'Académie Françoise.

M. DCC. LXI.